As 17 cores do branco

# As 17 cores do branco
## Luiz Raul Machado

Ilustrações de
Ana Freitas

1ª edição

GALERA RECORD
RIO DE JANEIRO • SÃO PAULO
2012

CIP-BRASIL. CATALOGAÇÃO-NA-FONTE
SINDICATO NACIONAL DOS EDITORES DE LIVROS, RJ

M129d

Machado, Luiz Raul, 1946-
As 17 cores do branco / Luiz Raul Machado; [ilustrações de Ana Freitas]. -
Rio de Janeiro: Galera Record, 2012.

ISBN 978-85-01-09448-3

1. Conto brasileiro. I. Freitas, Ana. II. Título. III. Título: As dezessete cores do branco.

11-7096.
CDD: 028.5
CDU: 087.5

Copyright © Luiz Raul Machado, 2012

Texto revisado segundo o novo Acordo Ortográfico da Língua Portuguesa.
Todos os direitos reservados. Proibida a reprodução, no todo ou em parte, através de quaisquer meios. Os direitos morais do autor foram assegurados.

Ilustrações de miolo e capa: Ana Freitas
Composição: Renata Vidal da Cunha

Direitos exclusivos de edição reservados pela
EDITORA RECORD LTDA.
Rua Argentina, 171 - Rio de Janeiro, RJ - 20921-380 - Tel.: 2585-2000.

Impresso no Brasil
ISBN: 978-85-01-09448-3

Seja um leitor preferencial Record.
Cadastre-se e receba informações sobre nossos
lançamentos e nossas promoções.

Atendimento e venda direta ao leitor:
mdireto@record.com.br ou (21) 2585-2002.

EDITORA AFILIADA

*Pra Ana, sempre*
*Pra Ana Benevides, gratidão*

Este livro é uma colcha de retalhos. São contos, quase crônicas, anotações, registros. O que costura e junta coisas tão diferentes é a descoberta de que há muitas cores no branco, "a cor mais contraditória", segundo Borges. A cor que não é cor, a cor que não é ausência mas soma de todas as outras.

Três destes contos foram escritos há 30 anos e publicados pelas edições Preto no Branco, nos livros *Cacos* e *Cacos II*. Resolvi juntar estes retalhos aos 14 recentes feitos para este livro.

As epígrafes foram crescendo, algumas tomaram conta dos contos. Quase fiz – com a preciosa ajuda dos amigos – uma pequena antologia do branco. Os defeitos do livro me saltam aos olhos, mas não quis me desfazer deles.

Este livro é uma colcha de retalhos. Irregulares, diferentes, nuançados. E brancos.

*... é tudo a mesma
nenhuma coisa, e branca.*
(Carlos Drummond de Andrade,
"Declaração em juízo", do livro
*As impurezas do branco*)

*Lá, alta, branca, a bandeira.*
*Estandarte do deus*
*que a tudo preside: Tempo.*
*(...)*
*Algodão finíssimo,*
*sem bainha, esgarça*
*e não termina, página*
*cega, onde se escrevem,*
*onde se apagam os nomes,*
*os poemas, os dias.*
(Eucanaã Ferraz, *Desassombro*)

*Neve*

# BRANCO SOBRE BRANCO

*No papel em branco*
*cabe o mundo:*
*(...)*
*cabe o que já existe*
*e o que nunca existirá...*
*(Roseana Murray,*
*Todas as cores dentro do branco)*

A professora estava ficando inquieta. Todas as crianças enchendo as folhas brancas com todas as cores dos lápis, das tintas, das aquarelas. E aquele ali só usando lápis branco, tinta branca, giz branco. Dos papéis das crianças surgiam árvores, bichos, monstros, sóis, bruxas, meninos, bonecas, nuvens, rabiscos, carros, coisas de todas as cores. Da folha em branco do menino não surgia nada. E ele trabalhava com afinco. Horas a fio. Branco sobre branco.

A professora chamou o diretor, que era artista. Ele ficou observando o menino. Antes de falar ou perguntar qualquer coisa, se agachou ao lado da criança. E viu.

A incidência da luz sobre o papel na altura do olhar do menino permitiu que o artista visse. Um mundo de árvores, bichos, tudo. Um mundo de coisas na neve do papel. Até um arco-íris. Branco.

# Gesso

# QUEM QUEBROU MINHA MÃE?

O choro da menina já estava incomodando, muito alto e há muito tempo.

– Eu quero minha mãe! Quem quebrou minha mãe?

Os vizinhos do quarto andar já estavam de luz acesa. Eu também.

Todos aflitos. E ela não parava. Que seria aquilo?

– Quem foi, quem foi que quebrou minha mãe?

Pior que o choro, que o berreiro, era a frase incompreensível.

– Eu quero minha mãe!

Tudo bem até aí, mas:

– Quem quebrou minha mãe?

Eu já procurava na lista, pensava em telefonar pra todo o quinto andar – parecia que vinha de lá a choradeira. Chamar um médico, chamar a mãe. Por que diabo aquela mãe não estava lá?

De manhãzinha, eu e os outros que não conseguimos pregar o olho estávamos nas janelas, espantando o sono e a canseira. Estranhamos quando vimos aquele pingo de gente de pijaminha e roupão, o cabelo muito desarrumado, a carinha mais vermelha do que nunca, lágrimas ainda correndo. Ora, era ela. Era Ulla, a do 502 – tão pequena (3 ou 2 anos e meio), tão conversadeira, tão sem cerimônia e sem manha. Que será que houve com a Ulla? Onde estavam a mãe e o pai? A gritaria da noite: tinha sido mesmo a Ulla? Que é aquilo que Ulla traz na mão?

Um embrulho muito malfeito em papel de jornal. Na outra mão a boneca de pano tão conhecida do prédio (a quem a Ulla ainda não tinha apresentado a Miloca?). Olhou prum lado e pro outro, largou o pacote na calçada e voltou correndo pra dentro do prédio só com a Miloca.

O vento da madrugada desfez o embrulho. Lá, o cavalinho vermelho quebrado em mil pedaços. O cavalinho vermelho chamado Minha Mãe.

*Papel*

# O POEMA QUE NÃO QUERIA SER LIDO

Trouxe pra casa o livro da obra completa do poeta. Caro, querido, ansiado. Parecia que carregava um frágil bicho de estimação. Mas um bicho estranho como uma salamandra ou um besouro. Ou (como queria aquela poeta da prosa) era uma mulher com seu amante.

Em casa, não abriu, colocou cuidadosamente na estante. Pra saborear com tempo e vagar. Pra economizar maravilhas e descobertas.

Um dia, começou a pesquisa de poemas que girassem em torno do branco. Queria a cor, queria o esquecimento, queria o papel, queria o verso branco. No índice de títulos e primeiros versos encontrou: *"o branco não é uma cor".* Com tipografia que indicava ser o primeiro verso de um poema cujo nome ainda não sabia. Página 406. Folheou ávido. Susto. Decepção. As páginas 406 e 407 estavam completamente em branco. Aquela coisa que acontece em pouquíssimos exemplares de uma tiragem de milhares.

Correu às poucas livrarias do bairro. Nem a obra completa nem o livro avulso onde estava o poema. Poesia, você sabe, lá numa estante escondida. E o poeta não estava mais muito na moda. E aquilo ficou dias martelando a sua ânsia e curiosidade.

Depois de muita aflição, encontrou, na pequena biblioteca pública a três quarteirões de casa, a primeira edição (esgotadíssima) do livro. Quase como autômato copiou o poema a lápis num bloco que tinha levado.

Em casa, recopiou o poema na página 406 da obra completa. Difícil escrever no papel bíblia tão fino, tão infenso a coisas manuscritas. Escreveu com o máximo cuidado pra não errar uma vírgula sequer.

De noite, antes de dormir, já com a luz apagada, tentou se lembrar do poema, ele que sempre se gabou de sua memória. Tinha visto na biblioteca, tinha escrito duas vezes à mão. Mas agora não tinha a menor ideia de como era. Dormiu mal, entre sonhos agitados e suores.

De manhãzinha, correu pro livro, apavorado de que a página continuasse em branco.

Não. Lá estava o poema. A letra é que não parecia em nada com a sua. Docilmente o poema se deixou ler:

*O branco não é uma cor:*
*é o que o carvão revela,*
*o carvão tão branco, apesar*
*do negro com que opera.*
*Talvez o branco seja apenas*
*forma de ser, ou seja*
*a forma de ser que só o pode*
*na mais dura pureza.*
*(...)*

Nuvem

# PRETO NO BRANCO

*Essa folha branca*
*É também paisagem*
*De que sei traçar*
*Toda a geografia.*
(João Cabral de Melo Neto,
"O papel em branco")

Foi a Niterói ver a exposição do Miró. Na volta, no sacolejo da barca, leu o folheto distribuído no museu. Um parágrafo ficou dançando na cabeça: "São cores que falam. Gritam. As páginas em branco sobre as quais Miró depositou o dedo, a mão, a palma da mão, o traço ficam como rastros visíveis de como os sentimentos foram vividos por homens em boa parte do século XX." Primeiro pensou: como o século XX está longe! Ficarão aqueles que marcaram fundo o século com o dedo, com o traço, com a cor, com o som, com a palavra? Chagall, Drummond, Fellini, Pixinguinha – quantos ficarão? Depois pensou: mais do que as cores que gritam, me impressionam as páginas em branco, o branco, o espaço onde vivem as cores e onde vive – principalmente – o preto. Saltou da barca pensando no preto no branco.

No dia seguinte, pra rebater as fundas sensações coloridas de Miró, foi à exposição de fotos do Rio antigo. E voou quase pro século XIX pelas mãos, pelos olhos e pelas lentes de Augusto Malta e Marc Ferrez. E confirmou uma impressão de décadas atrás: a fotografia em preto e branco é muito muito mais bonita que a colorida. Por que *Tempos modernos*, *La strada* e *Morangos silvestres* sempre o emocionaram mais que todos os filmes coloridos de sua vida? Até mesmo *West Side story*, que ele viu quinhentas vezes.

Saiu do Paço boiando no preto e branco.

Num outro dia, foi a uma exposição de jovens talentos das artes plásticas. Pinturas, objetos, instalações, vídeos. Parece que eram oito artistas e meio ($8^{1}/^{2}$, ah, Federico): o nome da exposição era *Aproximadamente nove*. Por razões do coração, demorou-se mais na sala daquela artista. Afinal, quando ela era bem pequena, foi proibida de desenhar nas paredes do quarto. E o quarto ficou branco. Quando foi preciso verificar uma tomada, ele afastou a cama e descobriu pinturas minimalistas pouco acima do rodapé, no espaço escondido pelos móveis. Depois, pouco maiorzinha, indagada sobre o que queria ser quando crescesse, disse: "Eu quero ser pintora igual a Analu." E ganhou da emocionada Analu uma parede pintada no quarto da casa nova. Depois, o colégio, a faculdade, sempre às voltas com mil lápis e canetas, papéis e pincéis, cadernos e encadernações feitas por ela.

Agora, ela sorria naquela sala com seus sete trabalhos. Ele viu um vestido branco bordado em braille. E pensou: "Ao ler o amor no vestido já se começa a fazer o amor." Depois viu a obra que exigia rosas renovadas dia sim, dia não. E pensou:

"Quem não é cego não consegue ler o que o cego lê. O cego lê o perfume da flor, lê a textura da flor, lê a escritura do espinho da flor." Depois viu uma ampulheta de vidro com um cutão de poeira dentro. E ele pensou: "Pra onde vai o tempo que escoa? Memória é poeira. Mas pulsa." Depois viu um livro antigo aberto, calcinado por dentro. E as perguntas martelando a cabeça dele: "A palavra é pedra? É pó? É chumbo? É cinza? A palavra vive? Fica? Seca? Morre?" Os quadros (noturnos? soturnos?) trouxeram pra ele novas perplexidades. Aquilo não era cinza. Era preto e, por cima e do lado, um preto mais preto. Eram dois tons de preto. (Bem mais tarde, ela o faria distinguir 17 tons de branco.) Olhando aqueles quadros, descobriu uma coisa que ele já sabia havia muito tempo: o preto e branco é mais real que a cor real. Olhando mais e mais aqueles quadros, descobriu uma coisa que nunca soube nem desconfiou: o preto e preto revela no fundo a figura humana mais humana. Não era cinza. Eram tons de preto. E onde estava o branco, meu Deus?

Saiu dali mergulhado no preto e preto.

Foi andando pelo Aterro, sem destino e sem hora pra chegar. A noite caiu e ele olhou pro céu.

E não sei quem sussurrou no seu ouvido interior: "No branco da nossa vida é preciso – por mais difícil e dolorido – depositar o dedo, a mão, a palma da mão, o traço preto como rastro visível. Deus é preto."

Cal

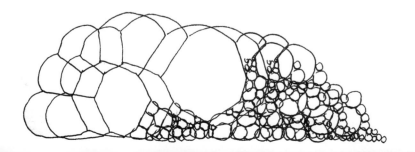

# Qualquer

*Qualquer voz alou-se*
*muito desejada.*
*Branco fosse o espaço*
*e ela ardente cor.*
*(Jorge de Lima, "Invenção de Orfeu")*

Lembrava que, numa redação na escola primária, tinha escrito: *qualquer que seja a cor da galinha, o ovo é sempre branco*. Ela – que sempre tinha sido uma observadora atenta dos bichos e especialmente das galinhas – sofreu com o tom pedagógico da professora.

– Mas você nunca viu ovos quase rosa, quase marrons?

Aqueles quases ficaram boiando na frente dela. Quando a redação foi devolvida, com as devidas correções (muitas, pra ela, indevidas), ela mesma escreveu com tinta roxa: *qualquer que seja a cor da galinha, o ovo é (quase) sempre branco*.

No ginásio, em plena aula de Ciências, enquanto o professor destrinchava o nervo óptico, a íris, o cristalino, a pupila e o globo, ela escreveu na folha do caderno: *qualquer que seja a cor do olho, o branco do olho é sempre branco*. Na época, ela andava meio enfeitiçada pelos olhos cor de mel de um menino tímido que sentava a duas carteiras dela. Algum tempo depois, quando viu o menino de mãos dadas com uma aluna de outra série, procurou o caderno e acrescentou: *o branco do olho não é sempre branco. Fica vermelho quando a dor derrama demais*.

No tempo do curso colegial, quando passava horas no banho enamorada dela mesma, correu um dia enrolada na toalha e escreveu num caderno de matemática: *qualquer que seja a cor do sabonete, a espuma é sempre branca*. Achou legal nunca ter tido que corrigir nada nesta frase.

Quando andava pelo terceiro namorado (tão diferentes os três, tão iguais) escreveu no diário: *qualquer que seja a cor do indivíduo, o sêmen é sempre branco*.

Quando se apaixonou perdidamente pelo sorriso escancarado daquele moço mulato, escreveu numa carta: *qualquer que seja a cor do rosto, o riso é sempre branco*.

A vida correu, o sorriso do moço que virou velho com ela se apagou, ela voltou a escrever um diário. Uma vez, registrou indignada uma briga que teve com uma vizinha que falou alguma coisa sobre "um preto de alma branca". Naquela noite teve sonhos agitados, acordou suada, chorando. Correu pro diário, pensando no ovo, no olho, na espuma, no sêmen, no riso, e rabiscou com letra trêmula: *qualquer que seja a cor da criatura, a alma é sempre branca*.

Tempos depois, tendo visto um quadro que era uma impressão digital ampliada, enorme, com aqueles labirintos pretos no fundo branco, tendo lembrado que a impressão digital é única pra cada um em qualquer tempo ou lugar, escreveu a última frase do seu diário: *qualquer que seja a cor da criatura, a alma (como os ossos) é sempre branca. Mas a impressão digital de Deus é preta.*

*Fosco*

# JOIA

Brancura. Ali tudo era branco. Hospital diferente com nome diferente: casa de repouso. Na realidade era mesmo um sanatório aonde ele ia fazer sonoterapia. A família consternada tinha levado ele prali porque não tinha tido mesmo jeito. Depois de mais de uma semana quase sem dormir, o quarto revirado, os vizinhos vindo ajudar, um médico psiquiatra chamado às pressas.

Brancor. Ali tudo era branco. Um branco enorme dentro da sua cabeça. Os remédios, as refeições, as enfermeiras. Tudo branco.

Depois, a lenta volta à terra firme. Uma ressaca branca. As visitas. O radinho. Alguns livros. O papel e a caneta esferográfica. Fez um relatório minucioso do seu caso e do que se lembrava da crise e entregou ao médico. Em cima escreveu: "Ao meu carcereiro caprichoso."

No rádio, a voz carinhosa de Caetano cantou uma canção ainda desconhecida. *Lua, lua, lua, lua.* Arregalou os olhos, teve um arrepio. Aquilo era com ele. Aquilo era pra ele. Como é que o Caetano sabia que o antigo apelido dele era Lua? (Desde o tempo em que era conveniente não se usar o próprio nome, ele gostava desse nome de guerra. Por causa do Luiz Gonzaga.) Não sossegou enquanto a família não levou um som baratinho e alguns discos, entre eles o tal.

O médico, que vinha diariamente pra alterar a medicação, ficou preocupado quando soube que a música tocava o dia todo. Mais ainda quando ele deixou escapar que aquela música tinha sido feita pra ele. Meu canto não tem nada a ver com a lua. Pra ele, claro. Não tem nada a ver com *a* lua e sim com *o* Lua. Claro.

Branquidade. Mas foram outras músicas do mesmo disco que foram pegando ele pela mão e levando pra fora do sanatório, pra dentro do mundo, pra fora da doença, pra dentro de si mesmo, pra fora do tumulto, pra dentro da alegria. Primeiro, voz e violão cantando *Help* e dando novas cores àquela letra tão cantada anos antes, quando ele assistia a três sessões seguidas do filme dos Beatles. Depois, a música *Pelos olhos*, que fez com que uma das primeiras providências depois de sair da casa de repouso fosse catar pela cidade um xaxim com avencas pra dar praquela uma e tentar reatar o namoro. Depois, *Escapulário*, que fez ele redescobrir Oswald de Andrade. Depois ainda o hino da Pipoca Moderna, da Banda de Pífanos de Caruaru, que fez ele desanoitecer e escrever um soneto. E principalmente *Canto do povo de um lugar.*

Branquidão. Vida passada a limpo. Caderno novo. Na primeira folha, com a caneta de tinta verde, ele escreveu: joia.

Seco

# Branco e black-out

Seu sonho de vida toda era fazer o rei Lear. Até que chegou à idade em que isso era possível. Tinha feito de tudo na vida, 75 anos, mais de 50 de palco. E circo, e cinema, e tevê. Quase tudo muito ruim. Comédias baratas, novelas insossas, filmes descartáveis. Só a grande alegria de ter sido palhaço num circo mambembe durante cinco anos. Quase tudo deixando nele um gosto amargo de "não era bem isso que eu queria fazer na vida". Agora, o Lear. Ou tudo ou nada. Deixou crescer barba e cabelos – estavam totalmente brancos. Não queria peruca nem postiços. Durante os três meses de ensaios, ele, que sempre fez de tudo num palco, se estranhou. O último ato era muito muito doloroso. Depois de dizer: *"Cordélia, Cordélia, fica ainda um pouco. (...) Por que um cão, um cavalo, um rato têm vida e tu já não respiras?"*, desatava o pranto interminável. Ficar imóvel depois da morte de Lear era muito difícil. As lágrimas corriam soltas. Três meses e sempre o choro convulsivo.

Estreia. O mesmo frio na barriga da primeira peça, há mais de 50 anos. A cortina ia abrir. Ele sentia tudo de forma meio irreal. A montagem reuniu os três primeiros atos antes do único intervalo, deixando os dois últimos para a segunda parte. Na última cena do terceiro ato ele não aparecia. Ficou olhando a plateia do escuro das coxias. Será que estavam gostando? As falas finais dos servidores soavam no espaço quase escuro do teatro.

— *Sua loucura irresponsável lhe permite qualquer coisa.*

— *Vai tu; eu vou buscar um pedaço de linho e claras de ovo para cobrir seu rosto ensanguentado. E que o céu o proteja.*

As luzes diminuem. A cortina fecha. Aplausos discretos.

A segunda parte começa. Tudo parece correr bem. Na cena VI do quarto ato, Gloucester e Edgar dialogam até a chegada dele, *"fantasticamente adornado com flores selvagens"*. O palco é banhado por uma luz estranha. Ele-Lear e Gloucester dizem as tristes palavras de Shakespeare transformadas em fala brasileira por Millôr.

— *Ó fragmento arruinado da natureza. Este mundo imenso também terminará assim, no nada. Me conheces?*

— *Lembro-me muito bem dos teus olhos. (...) Não quero mais amar. Lê este desafio.*

— *Mesmo que cada letra fosse um sol eu não conseguiria vê-las. (...)*

— *Como, estás louco? Mesmo sem olhos um homem pode ver como anda o mundo.*

Nesse momento, o branco. Não tinha mais nada dentro da cabeça. Nem uma palavra boiava naquele mar de nada dentro dele. Gloucester, Edgar, os queridos companheiros de aventura tentavam soprar a continuação da fala: *"Olha com as orelhas. Olha com as orelhas..."* Nada. O diretor, desesperado, manda baixar a luz até o black-out. Devagarinho, as cortinas foram se fechando. O silêncio no teatro era mais escuro que o black-out. Até que, depois de uns minutos de agonia que pareceram dias, as palmas começaram. Uma ovação. O diretor, que tinha pensado em falar com o público – uma desculpa, uma explicação –, desistiu. O ator continuava no meio do palco, de joelhos, sem reagir a nada. Não houve agradecimento, nada. Nada, nada, nada.

Nos dias seguintes, as críticas exaltavam o espetáculo, inclusive "a ousadia da montagem que cortava o quinto ato de Shakespeare". A temporada toda se deu com aquele corte. No penúltimo dia, quando o iluminador apagou as luzes, o vozeirão do velho se fez ouvir no escuro:

– *Olha com as orelhas...* – A luz voltou em resistência. Os atores se entreolharam e continuaram a peça.

– *O Rei está louco. Que teimosa é esta minha maldita consciência que me dá conhecimento de toda minha desgraça!*

E o último ato – nunca encenado nesta temporada – se desenrolava.

— *Que os deuses a protejam! Tirem-no daqui agora. (Entram Lear, com Cordélia nos braços, Edgar, fidalgos e cortejo.)*

— *Oh, vós sois homens de pedra! Tivesse eu vossos olhos e vossas línguas eu os usaria de tal modo que faria estalar a abóbada do céu. Ela partiu para sempre. (...) A minha pobre bobinha foi enforcada: não, não, não tem mais vida. Por que um cão, um cavalo, um rato têm vida e tu já não respiras? Nunca mais voltarás, nunca, nunca, nunca, nunca, nunca! Por favor, desabotoem aqui. Muito obrigado, senhor. Está vendo isto? Olhem-na! Olhem seus lábios, olhem ali, olhem ali...*

Edgar e Kent disseram as últimas falas. Não se sabe por quê, Edgar disse o final no original, ele que não sabia que sabia inglês. Deu um branco ao contrário, ele lembrou do que não sabia.

— *The weight of this sad time we must obey, speak what we feel, not what we ought to say. The oldest hath borne most: we that are young shall never see so much, nor live so long.*

Luz em resistência. Black-out. Ovação. Cortina. Luzes. O elenco vem ao proscênio. Todos voltam, pra levantar ele-Lear. Não é possível.

No dia seguinte, não houve o último espetáculo.

Transparente

# Bodas de quê?

*A letra, o poema e, acredito, outras formas de arte são uivos de um lobo famélico, dentes à mostra, vagando na escuridão. (...) A maioria das pessoas passa e se assusta: "Nossa, um lobo! E imundo." Nem desconfiam que naquela carcaça mora um pássaro.*
(Aldir Blanc, "Esquina da Tenente",
*Rua dos Artistas e transversais*)

No som, a valsa brasileira. Na mão, o cálice de vinho branco várias vezes renovado. A cabeça longe, naquela cidade do interior. Sabe amor à primeira vista? Sabe primeiro amor? Sabe primavera?

\* \* \*

As iniciais com canivete no tronco da árvore, a descoberta de cada carícia, de cada centímetro do corpo. A vontade de que os dedos não se desentrelaçassem, de que os lábios não se desgrudassem.

\* \* \*

Que importa o que os outros dizem: que isso passa, que isso é coisa de menino, que nenhum amor é eterno? Em vez de tatuar a pele, eles tatuaram a alma: um com o nome da outra, a outra com o nome do um.

\* \* \*

Alguém já dizia: eles só existem em dupla. Um dia alguém ouviu de um deles: amor, a gente gosta disso? A gente quer aquilo?

\* \* \*

Quando é que se começa a olhar de fora o que antes só tinha dentro?

\* \* \*

Quando é que começou a faltar assunto, pra eles que antes até conversavam sem palavras? Quando é que se começa a assoviar insistentemente sem melodia nenhuma? Quando é que se bate a porta?

\* \* \*

O cálice quebrado. O vinho derramado. O espelho lascado. Vinho branco, seco. Vidro espalhado, cacos. Pranto derramado e já secado. No som, a valsa, os versos, a voz. De novo. De novo. *Da capo.*

\* \* \*

Saiu na quase madrugada. Na esquina, uma velha de olhar estranho, surgida não se sabe de onde, lhe estendeu um folheto. Ele deu uns passos e ia amassar, mas resolveu ler: "Mãe Valéria de Ogum atende com cartas e búzios. Não precisa dizer nada, ela lhe dirá tudo. Volta da pessoa amada em até três dias." Dobrou cuidadosamente o papel e guardou no bolso.

*Areia*

# Baba e barba

*Um homem de olhos muito abertos*
*(e transparentes de tão claros, coisa que não*
*era comum) fingia vigiar a estrada com seus*
*pensamentos. Na verdade, os olhos*
*mapeavam outros lugares, vagavam dentro*
*dele, e catavam cacos de memória como*
*uma criança que colhe conchinhas na*
*areia da praia.*
(Adriana Lisboa, *Sinfonia em branco*)

Ela não sabia bem a diferença entre Parkinson e Alzheimer. Só sabia que o pai — fora os lapsos próprios da idade — andava fazendo a maior confusão com dinheiro, e suas mãos cheias de manchas e nós e veias tremiam cada vez mais.

Ela não tinha muito a quem recorrer. Era filha única, trabalhava o dia todo, tinha poucos amigos. Parentes, só distantes, com quem fazia cerimônia.

Até o dia em que chegou e encontrou ele passando muito mal. Uma baba branca se misturava com a barba por fazer e com o creme de barbear em metade da cara. O tremor era no corpo todo. Correu pro telefone pra falar com o médico que o atendera anos antes. Ele perguntou se o doente podia ser levado. Ela — pensando na despesa de uma visita do doutor — disse que sim.

Táxi, hospital, exames, aflição. O velho tinha tomado por engano uma dose excessiva de um dos remédios. Por engano, sim. Ela lembrava de como ele gostava da vida e dizia que queria viver muito. Quando ele fez 70, ela, depois dos parabéns, disse que ele iria aos 100. E ele: "Minha filha, por que me limitar?" Ele tinha feito um cartaz com uma frase do Millôr guardada de memória (talvez as palavras não fossem exatamente estas): *"Por favor, traga pra junto da ampulheta toda a areia do mar."* O cartaz estava lá, amarelado, na parede do quarto dele.

Durante não sei quanto tempo cuidou dele como nunca havia cuidado quando ele tinha saúde. Se desdobrava, se dedicava.

Um dia, ela abriu o jornal e lá estava uma entrevista com o grande ator. Aquele mesmo que fascinara seu pai em *O padre e a moça* e que escandalizara um pouco sua mãe em *Todas as mulheres do mundo.* *"Quando o Parkinson foi diagnosticado e o médico me receitou Prolopa, eu perguntei até quando deveria tomar o remédio. Aí, com um ar meio maquiavélico, ele me respondeu: 'Você tem uma doença progressiva, degenerativa e irreversível', e ficou me olhando com uma cara trágica, como se quisesse tirar minha esperança. Mas aí eu lembrei que a vida da gente também é progressiva, degenerativa e irreversível. Percebi ali que o homem é produzido para ter só 30 anos. Depois disso, as peças começam a sair da garantia."*

Ela riu, dobrou o jornal. Lembrou que na semana seguinte ia fazer 31 anos. Chorou um pouquinho. O pai chamava lá do quarto. Ela enxugou a lágrima e foi atender. A areia escorria lentamente, e ininterruptamente na ampulheta.

Gelo

# A ÚLTIMA CEIA DE MARILYN MONROE

*As nuvens são cabelos*
*crescendo como rios;*
*são os gestos brancos*
*da cantora muda;*
*(...)*
*são a morte (a espera da)*
*atrás dos olhos fechados;*
*a medicina, branca!*
*nossos dias brancos.*
(João Cabral de Melo Neto, "As nuvens")

Ontem, ouvindo Elis sem parar, encontrei um conto antigo.

\* \* \*

Comam, riam, falem. Amanhã – eu morta – todos dizendo: meu Deus, ela ontem jantou conosco, estava tão bem. Os cristais os garçons etiquetados à francesa o filé o peito.

Aquele cara da outra mesa não tira os olhos dos meus peitos. A música. Longe, nem dá pra identificar. Uma orquestra imbecil faz fundo pros pratos e pro burburinho. Borborigmo.

O cara me come com os olhos.

Vinho. Tinto? Não. Minha morte vai ser branca. Vinho branco de sono. Chanel Nº 5 e anfetaminas.

O cara parece que se acha na obrigação de me devorar com os olhos só porque eu sou Marilyn Monroe. Não sou. Esta noite – última das últimas – eu volto a ser Norma Jean. Amém.

A sobremesa é sorvete. Minha taça está vazia. Acho que é porque eu disse que não queria sobremesa. De doce já basta a vida. (Rio.) Minha taça está vazia. O copo também. O corpo também. Só minha alma está cheia até a borda. Ela tem uns espaços confusos e um bilboquê amarelo. É o meu último vínculo. Eu não consigo acertar e o cordão parece que vai arrebentar.

O homem me come com os olhos. Meus peitos moram – pra sempre? – nas pupilas deste cara.

Sem que ninguém repare, eu desatarraxo meu peito esquerdo. O gesto foi sutil como o de uma mãe (ai) amamentando o primeiro filho. Desatarraxo lentamente meu peito esquerdo e ponho na taça vazia: o bico é o morango ou a cereja. O peito morno esfria mas não perde o palpitar. Eu estendo a taça de peito ao homem que me comia com os olhos. Fico com a mão estendida algum tempo. A esse tempo as pessoas costumam chamar eternidade. Bobagem. É o tempo da hesitação do cara. O tempo do espanto.

Toma. Come.

O gesto. Tudo.

Dentro do meu peito uma bola de fogo eterna. Queimando como se queima um retrato incombustível. Norma Jean Baker: uma bola de fogo. Uma taça.

\* \* \*

Voltei a colocar Elis no som. *As aparências enganam*. Bebi à eternidade de nossas deusas mortas em plena efervescência.

Sujo

# As sombras brancas

*Y dijo: las galerías*
*Del alma que espera están*
*Desiertas, mudas, vacías:*
*Las blancas sombras se van.*
(Antonio Machado, "Soledades, XVIII")

*Conta a lenda que dormia*
*Uma Princesa encantada*
*A quem só despertaria*
*Um Infante, que viria*
*De além do muro da estrada.*
(Fernando Pessoa, "Eros e Psique")

Chegaram, finalmente. Correram pro quarto, fecharam a porta. Com muito cuidado, sem muito barulho. Era absolutamente necessário não acordar as pessoas e os bichos que dormiam no palácio. Que era enorme, tinha muitos aposentos. Mas os corredores dos palácios têm um estranho poder de multiplicar o som. Um passo, um clique, um ai e as luzes do fim do corredor ou do andar superior começavam a se acender. Um horror.

Mas naquele dia (naquela noite) não aconteceu nada. Tudo silêncio, tudo escuro, tudo tranquilo. Aquela paz parecia feita de encomenda pro amor deles.

O quarto do príncipe (ou seria o da príncipa?) era fantástico. Lindíssimo. Principesco, mesmo. Sedas, cortinados e outros babados. Broquéis, dourados e todas aquelas frescuras. Mas pra que saber do cenário se os atores já estão correndo pra cama imensa e fofíssima? Se as roupas já estão pelo chão, quase arrancadas, quase rasgadas? Se eles já se confundem, se fundem, são um?

Os beijos. Sôfregos. Sofridos. Chupados. Molhados. Lambidos. Com falta de ar. As línguas. Tensas. Nervosas. Lombrigas. Vorazes. O doceamargo comércio do cuspe no amor. As mãos. Buscantes. Ríspidas. Suaves. Bisbilhoteiras. Funcionárias cuidadosas que não deixam escapar uma curva, um canto, um recôncavo. As pernas. Atrapalhantes. Violentas. Inquietas. Cansadas. Os peitos. Ah, arfantes. Suados. Pegajosos. Palpitantes. E os corações disparados, espalhados nos beijos, nas línguas, nas mãos, nas pernas, nos peitos. Os corações, os nervos, os rins, os intestinos, os sexos. Os sexos. Galos de briga. Famintos. Depois de muito, muito, muito tempo, exaustos.

O príncipe beija a príncipa pela última vez. Última? Não, mil vezes não. Mais um beijo e mais outro. O príncipe olha pra príncipa com o olhar comprido e cansado. Morno, quase morto. E ri. E riem. A mão do príncipe desenha no ar um último gesto (de agrado? de cansaço? de enfado?) e pousa palma com palma na mão da príncipa.

Um tempo. O príncipe e a príncipa adormecem um pouco. Um susto. Passos no corredor?

O príncipe se levanta com cuidado, sem barulho. Pega o espelho enorme que estava na cama encostado na parede. Leva com muita dificuldade pro canto do quarto. Põe no lugar. Volta pra cama, escuta mais um pouco, não devia ser nada. Amanhã ele saberia. O príncipe fecha os olhos, tenta dormir. Parece que chora.

Na parede, o espelho leva embora as últimas sombras da príncipa. Uma mancha leitosa escorre lentamente, suavemente, tristemente na sua superfície. Uma lágrima quase.

# Pérola

# Vida em branco?
## ou Bendito cartão amarelo

*Ela era quase incolor: branca, branca,*
*De um branco que não se usa mais...*
*Mas tinha a alma furta-cor!*
(Mario Quintana, "Branca")

Desde pequeno eu ouvia dizer que ela não ia durar muito. E que ia passar a vida em branco. Nós crescemos, estudamos, fomos levando nossas vidas. Ela ficou numa infância meio indefinida. Sempre alegre (alegrinha, as pessoas diziam com pena), principalmente quando havia música e brincadeira de bola. As pessoas baixavam o tom da voz quando diziam: mongoloide.

\* \* \*

Romário fazia o jogo de despedida da seleção. Quando fez o gol, arrancou a camisa amarela e deu uma volta olímpica no Pacaembu. Na camiseta: *"Tenho uma filhinha Down que é uma princesinha."* O juiz mostrou o cartão amarelo. A regra diz que não se pode tirar a camisa comemorando o gol. Dane-se a regra. Bendito cartão amarelo, Romário. Fica sendo a sua maior condecoração.

\* \* \*

Abro o jornal e me comovo com um poema de Reynaldo Jardim chamado Down: *"É toda um feixe/ vivo de ternura./ O olhar vivo,/ o coração desperto./ É a bondade em/ seu estado puro."*

\* \* \*

Evaldo Mocarzel, jornalista e diretor do filme *Do luto à luta*: *"Conheci Downs cultos, discutindo a vida, a morte, a cultura, música e literatura. Um deles diz: 'A gente é mais lento, o que não quer dizer que não evolua.' Quem vai dizer o quanto um jovem vai evoluir? Há pessoas com deficiências na alma que nem são aparentes."*

\* \* \*

Desde pequeno eu ouvia dizer que ela não ia durar muito. Fez há pouco tempo 60 anos, cercada do carinho dos pais (com 90), irmão, cunhada, sobrinhos, primos, todos nós. Estava alegre. O que não impediu o gesto de irritação quando um dos presentes tratou rispidamente o pai adorado. Deu uma solene banana.

\* \* \*

Os cegos não veem com as mãos? Beethoven surdo não compôs as mais sublimes melodias? Por que não podemos aprender com os Downs o muito que eles podem ensinar? A pureza, o contentamento, a vontade de ser útil. Eles têm tanta alegria que a síndrome deveria ser chamada de Up.

* * *

Santinha, é o que ela é. Dela só veio bondade para os outros em toda a sua vida. Desconfio mesmo que, se não tentar ser parecido com ela, não vou entrar no reino dos céus.

*Prata*

# Vestido branco ou Pensamor

*Acordei de madrugada desejando ter um
vestido branco. (...) A vontade de me
vestir de branco foi o que sempre me salvou.
(Clarice Lispector, A descoberta do mundo)*

Naquele dia fui ansioso praquela casa em que livros, bichos e ele dividiam o mesmo amor. Minto. Ele ganhava um amor único, imenso, especial. E – depois percebi – infinito. Ela me recebeu como sempre com festa e carinho. Naquela casa eu olhava os livros com ainda maior respeito. Muitos tinham dedicatórias incríveis que provavam a proximidade dos autores com ela, embora ela não fizesse a mínima questão de alardear isso. E eram primeiras edições, algumas caprichosamente encadernadas com capas pretas.

— Viu a coluna da Clarice? – perguntei.

— Não. Que que foi?

— Olha aqui: *"Se é verdade que existe uma reencarnação, a vida que levo agora não é propriamente minha: uma alma me foi dada ao corpo. Eu quero renascer sempre. E na próxima encarnação vou ler meus livros como uma leitora comum e interessada, e não saberei que nesta encarnação fui eu que os escrevi."*

Depois de uma pequena pausa, os olhos brilhando de carinho e fina ironia:

— Vaidosa nossa Clarice, não?

A conversa rolou sobre a morte, a vida, a ida, a duvidosa volta. E ela:

— Prefiro a *versão* católica.

Tempos depois, ele se foi. A dor sem medida, ela nem foi ao cemitério. Pensei: "Não quis se despedir da casca dele." Naquela semana, fui fazer uma visita e contar que tinha sonhado com ele, rindo o riso largo dele, no meio de muitas crianças. Aquela história da *versão* católica voltou e eu entendi melhor.

— Imagina se eu volto e caso com outro, ele volta e casa com outra. Nem pensar.

Nunca ouvi declaração de amor maior e mais bonita em toda a minha vida. Nos nossos papos, no apartamento do Leblon, em São Paulo, nas casas de repouso, eu voltava àquela declaração que tanto me impressionou.

Tempos, tempos depois, saiu seu último livro de poesia, onde ela escreveu:

*Imagina só*
*a reencarnação virar consolo*
*Onde é que já se viu?*

*Imagina só*
*eu voltar*

*e te encontrar um dia*
*e não saber*
*que você é você*

*ter esquecido tudo*
*e amar um outro*
*e me casar com o outro*

*que absurdo*

Agora que ela se foi, fico torcendo pra que os dois estejam juntos num lugar e num tempo cheios de poesia e bichos e música e plantas e gente que valha a pena. No mesmo último livro que folheio pela milésima vez, redescubro, como se fosse a primeira leitura, o poema que diz o que ela está falando pra ele:

*Você me deu um vestido*
*todo branco*
*todo liso*
*tão despido*

*Eu me visto*
*eu me dispo*
*no vestido*

*Eu procuro*

*onde eu começo e ele acaba*
*não descubro*

*Você me deu um vestido*
*todo branco*
*todo liso*

*Ele é o único vestido*
*que eu vesti*

Antes, eu falava que a pessoa deixava a casca e se ia (ou subia ou...). Agora acho que o que fica na terra é o caroço. Some a casca. Sobe o vestido.

Sonhei de novo com eles. Acordei. Fui direto à estante e abri, não sei por quê, as *Primeiras estórias*. Um parágrafo me chamou. Ah. *"Só o um-e-outra, um em-si-juntos, o viver em ponto sem parar, coraçãomente: pensamento, pensamor. Alvor. Avançavam, parados, dentro da luz, como se fosse no dia de Todos os Pássaros."*

Mármore

# A intenção da semente

Por que a maioria das lápides é branca? É por causa do nada? Dos ossos? Das almas? A morte é branca?

Quando a fé se foi – diluída pelo dia a dia, assaltada pelas dúvidas, mordida pela ironia –, ficou alguma coisa, inclusive a devoção a Francisco. Durante anos, ele repetia a oração: *"Oh, Senhor, faz de mim um instrumento da tua paz..."* Não gostava muito quando ouvia musicada e cantada em alguma missa de sétimo dia. Mas as palavras ficavam passeando pela sua cabeça e pelo seu peito. Gravadas. Até que um dia, numa viagem, num ônibus sacolejante, as palavras foram se rearrumando e algumas frases foram se formando e se colando ao pensamento franciscano. E ele revisitou a *preghiera semplice*.

\* \* \*

Depois de acompanhar ano a ano o martírio dos irmãos Souza – Henrique, Francisco, Mário e Betinho –, encontrou um poema atribuído ao Henfil:

*Se não houver frutos*
*valeu a beleza das flores*
*Se não houver flores*
*valeu a sombra das folhas*
*Se não houver folhas*
*valeu a intenção da semente*

\* \* \*

Muito tempo depois da morte da escritora, encontrou entre os livrinhos da filha um de que ele não se lembrava: *São Francisco Bem-te-vi*. Era um momento especialmente difícil da vida e a palavra alegre e a poesia vivaz da Sylvia caíram como chuva depois da seca:

*Onde houver desespero,*
*que se avoe a esperança*
*na ciranda-passarinho*
*que, sempre, Francisco dança!*

Juntar passarinho com Francisco todo mundo junta, mas com ciranda! E esperança *avoada*? Só Sylvia.

\* \* \*

Um dia, numa gaveta há muito fechada, perto de um missal nunca mais aberto, encontrou a "Oração de Francisco de Assis revisitada":

Senhor
faz da gente instrumentos de trabalho e armas de paz
que a gente descubra no caroço do ódio o grão do amor
na hora do tapa o silêncio e na vontade de vingança
a véspera do perdão
no meio da luta o próximo passo
no coração da dúvida um germe de fé
no matagal de enganos uma semente de verdade
e na semente a possibilidade sempre da fruta
no centro da desesperança o desespero de esperar
no pão da tristeza o miolo da alegria e a casca do sorriso
mesmo entre lágrimas
como trigo e fermento farinha e água e sal
que no escuro a gente aprenda a inventar estrelas
e do novelo da noite faça fios de sol
e aprenda a conjugar na voz ativa verbos esquecidos
de primeiríssima conjugação
como consolar compreender e amar
para a gente fazer de gente objeto de amor
e vir a ser — a gente — objeto de amor
sujeito à vida nas suas mãos
Senhor

\* \* \*

Ele, que andava desaprendendo a chorar, chorou.
E ficou branco. De susto. E esperança.

Esmalte

# Valium como hóstia

No período imediatamente posterior ao inferno, ele morou numa pensão bem simples no Itaim Bibi. De lá, só lembra dos poucos e preciosos livros, do cheiro enjoativo do sabonete Gessy e do frio que sentia quando tinha que sair do quarto e passar por fora pra chegar no banheiro. De manhã, saía pra encontrar os companheiros, visitar alguém, ler o jornal no ônibus da já engarrafada São Paulo de 1971, entre uma e outra aula particular que garantia o magro sustento.

Naquele dia, jornal intacto debaixo do braço, entrou no ônibus que cortava quase toda a cidade em direção ao Jardim São Bento. Alguma coisa (o acaso? as coincidências da vida? a providência divina?) o levava àquela casa que era da sua família por adoção na cidade que não era a dele. Como pegava o ônibus próximo do ponto inicial, ia sentado. Abriu o jornal pra ler as entrelinhas onde os jornalistas se entrincheiravam pra driblar a censura voraz. Na sexta página, o soco no peito: "Subversivos mortos em confronto com a polícia." Os nomes. As fotos. Seu quase-mais-que-irmão. Não conseguiu ler a matéria com as mentiras oficiais habituais (onde se lia "reagiram às forças da repressão", entendia-se "não resistiram às torturas"). Fechou o jornal. Não queria chorar em público. Não queria gritar em público. Não podia dar bandeira. O ônibus não chegava nunca. Nunca São Paulo foi tão enorme. A impotência parecia que ia explodir no peito. E ele não sabia mais rezar.

Saltou dois pontos depois da casa que era seu porto seguro. Tinha que olhar bem pra ver se ninguém o seguia. Passou pelo portão sempre destrancado, afagou de leve a cachorra preta e bateu na porta de vidro. Por milagre só estava ela. Aquela casa de dez filhos, hóspedes e amigos sempre transbordava de gente.

– Ô, meu filho, entra...

A voz doce, o riso moreno, o abraço pronto.

Viu a cara dele e ficou esperando. Ele não conseguia falar. Abriu o jornal na página seis, apontou e correu pro lavabo perto da porta de entrada. Saiu um grunhido abafado e o choro desatou finalmente. Ele foi escorregando pela parede de azulejos brancos e sentou no chão perto da privada. Não soube quanto tempo ficou ali. Só deu conta de alguma coisa quando saiu, depois de lavar o rosto, e viu que ela estava na porta em pé com um comprimido branco numa mão e um copo d'água na outra.

Ele – que era tão medroso pra remédio, perguntava, lia a bula, relutava – não disse nada. Abriu a boca. Ela pôs o comprimido na língua dele e ajudou com a água. Foram em direção ao sofá maior da sala. Ela sentou. Ele sentou do lado e foi deitando a cabeça no colo dela, ficando quase em posição fetal. Ele não soube depois se ela falou alguma coisa ou se só pousou a mão na cabeça dele. Ele não soube quanto tempo ficou ali. Só soube que, depois de tantos anos, tinha comungado e tinha sentido a proteção de Nossa Senhora mãe dos homens.

# Cristal

O SUSPIRO
DA PALMEIRA

Como sempre, interessado no noticiário – às vezes se indignando com a violência em todas as suas formas, às vezes perguntando o que não entendia completamente, ele que gostava das minúcias –, viu no jornal a palmeira florindo no Aterro do Flamengo. Não sossegou enquanto não fomos lá fotografar. Quer dizer, eu pra segurar máquinas e lentes e ele pra fotografar. Com todas as minúcias.

Ele, tão íntimo de palmeiras (há tanto tempo, carnaúbas, babaçus), nunca tinha visto esse fenômeno da floração. Parece que a palmeira que vai morrer abre no topo um lindo leque de flor – de longe parece uma plumagem de um branco sujo – enquanto as folhas secam e caem num processo que dura meses.

Ele tirou fotos lindas. As melhores foram colocadas no permanentemente mutável mural de cortiça do seu quarto-escritório-sala-de-som. Atrás de cada uma, com sua letra firme e bonita, apesar dos quase 80 anos, anotou: "Corypha umbraculifera/ Perto do Monumento dos Pracinhas/ R. D. Machado/ 21-1-95."

Durante todo esse ano e mais da metade do outro vi meu pai florescer. E foi muito triste a floração. Eu invejava a naturalidade com que minha irmã acariciava a careca dele e segurava sua mão. Eu só conseguia acenar de longe quando saía ou quando voltava do trabalho. Eu não queria ver ele indo. Ele acenava de longe e de leve, com o olhar meio perdido. Cientistas e artistas às vezes vivem muito e espalham durante um largo tempo sua luz e suas belezas. Eu pensava em Segovia e em Schweitzer, por exemplo. Por que ele, que era cientista *e* artista, tinha que ir naquela hora?

No dia em que meu pai deixou de respirar, eu estava no banho quando minha mãe e a enfermeira chamaram. Só pude ajudar a ajeitar ele na cama. Depois, o mundo de gente, o velório em casa, como ele queria, o cemitério. Quando amigos da Alemanha vieram ao Brasil, perguntaram se não podiam ir ver a sepultura. Dissemos que não costumávamos ir lá. Não sei se eles foram.

Ele não está lá. Está em cada acorde de um violão bem tocado. Está na gargalhada depois de um trocadilho infame. Está em cada sucesso de cada neto e no riso dos bisnetos que ele não conheceu. Está – apesar do pacifismo e da candura dele – nos filmes de Clint Eastwood e nas lutas de boxe. Está num concerto de Mozart e num quarteto de Beethoven. Está numa fatia generosa de queijo e goiabada. Está numa valsa chamada *Pinho e faia* (as madeiras de que são feitos o violão e o bandolim). Está no caminho para o Fundão ou nas aleias do Jardim Botânico. Está num modelo mais moderno de microscópio eletrônico. Está na neta que fica horas escolhendo uma ferramenta apropriada ou uma caneta incrementada. Com todas as minúcias.

Está nas palmeiras e na sua estranha floração.

Marfim

# Marcador de página

*Oh! esse animal brilhante*
*e impossível do espírito*
*(...)*
*e quando lhe arrancaram o chifre*
*do crânio que lascava,*
*estava tão cheio de lágrimas e*
*fé como uma criança.*
(John Heath-Stubbs, *Virgem e unicorne*,
tradução de Abgar Renault)

No livro, uma folha arrancada de caderno marcando a página. Na página estava grifado o trecho: *"E nesse último dia aproximou a cabeça do seu peito, com suave força, com força de amor empurrando, cravando o espinho de marfim no coração, enfim florido."* Na folha do caderno, com letra incerta – tinha escrito no colo? no ônibus? na insônia? – ele dizia:

Seu sorriso sempre me surpreendeu como música. Dos 8 aos 10 anos tentei aprender piano. Não consegui. Mas o piano ficou pra sempre dentro de mim. Seu sorriso é irmão do meu piano. O marfim e – em vez do ébano – as gengivas que teimam em aparecer com o riso branco.

Às vezes você me elefanta com suas presas – marfim, marfim – e sua tromba. O tamanho pode assustar mas o elefante sempre pisa com pés de lã.

Pra sempre você me feriu com seu marfim. Fundo no coração. Mas a ferida é riso aberto e música e lã. Você pra sempre. Unicórnia.

# Textos citados

- Aldir Blanc. *Rua dos Artistas e transversais – Crônicas*. Editora Agir, 2006.
- Adriana Lisboa. *Sinfonia em branco – Crônicas*. Ed. Rocco, 2001.
- Antonio Machado. *Soledades – Poesia completa*. Madri: Espasa-Calpe, 1970.
- Clarice Lispector. *A descoberta do mundo*. Ed. Rocco, 1999.
- Carlos Drummond de Andrade. *As impurezas do branco. Poesia completa*. Ed. Nova Aguilar, 2002.
- Eucanaã Ferraz. *Desassombro*. Ed. 7 Letras, 2002.
- Fernando Pessoa. *Eros e Psique. Obra poética*. Ed. Nova Aguilar, 1976.
- Flavia da Silveira Lobo. *Maria Maria*. Ed. Expressão e Cultura, 1994.
- João Guimarães Rosa. *Primeiras estórias*. Ed. Nova Fronteira, 2001.
- João Cabral de Melo Neto. *Museu de tudo. Obra completa*. Ed. Alfaguara, 2009.
- João Cabral de Melo Neto. *As nuvens – "O engenheiro" – Obra completa*. Ed. Nova Aguilar, 1999.

- João Cabral de Melo Neto. *O papel em branco*, in: Novas Seletas. Ed. Novas Seletas. Ed. Nova Fronteira.
- Jorge de Lima. *Invenção de Orfeu*. Editora Record, 2005.
- John Heath-Stubbs. *Virgem e unicorne*. Abgar Renault. Poesia: tradução e versão. Ed. Record, 1994.
- Luiz Raul Machado. *Cacos*. Ed. Preto no branco, 1977.
- Luiz Raul Machado. *Cacos II*. Ed. Preto no branco, 1978.
- Mario Quintana. *Branca* – "A vaca e o hipogrifo" – *Poesia completa*. Ed. Nova Aguilar, 2005.
- Marina Colasanti. *Uma ideia toda azul*. Ed. Nórdica, 1979.
- Paulo José, entrevista no *Segundo Caderno, O Globo*.
- Roseana Murray. *Todas as cores dentro do branco*. Ed. Nova Fronteira, 2008.
- Reynaldo Jardim. "Down". (Artigo do *Jornal do Brasil*.)
- Sylvia Orthof. *São Francisco Bem-te-vi*. Ed. FTD, 1992.
- William Shakespeare. *Rei Lear*. Tradução Millôr Fernandes. Ed. L&PM, 2010.

Este livro foi composto nas tipologias
Cantoria MT Std 11/17 e Futura Light 14/17
e impresso em papel offset 90g/m$^2$,
na Markgraph.

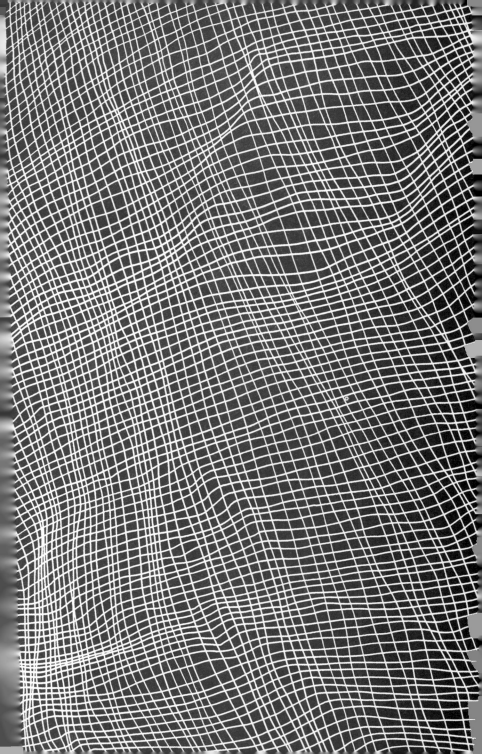

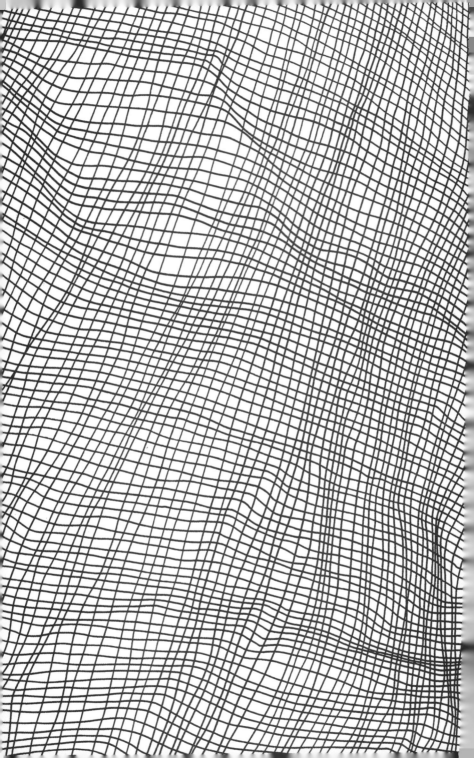